# 金瓶梅詞話

萬曆本

五

第二十三回 賭棋枰瓶兒輸鈔

聯經出版事業公司 景印版

覷藏春潘氏潛踪

第二十三回

玉簫觀風賽月房　金蓮竊聽藏春塢

行動不思天理　施爲怎却成規
狗情縱意任奸欺　仗勢慢人尊巳
出則錦衣駿馬　歸時越女吳姬
休將金玉作根基　但恐莫逃興廢

話說一日臘盡陽回。新正佳節。西門慶賀節不在家。吳月娘往吳大妗子家去了。午間孟玉樓潘金蓮都在李瓶兒房裡下棋。玉樓道咱每今日賭甚麽好。潘金蓮道咱每人三盤。賭五錢銀子。東道三錢買金華酒兒。那二錢買個猪頭來。教來旺媳婦子。燒猪頭咱每吃。只說他會燒的好猪頭。只用一根柴禾兒。燒的稀爛。玉樓道大姐姐他不在家却怎的計較。金蓮道存下一分兒送在他屋裡。也是一般。說畢三人擺下棋子。下了三盤。李瓶兒輸了五錢銀子。金蓮使綉春兒。叫將來興兒來。把銀子遞與。教他買一壜金華酒。一個猪首。連四隻蹄子。分付送到後邊厨房裡。教來旺兒媳婦惠蓮。快燒了。拿到你三娘屋裡。等着我每就去。那玉樓道。六姐教他燒了。拿盒子。拿到這裡來吃罷。在後邊李嬌兒孫雪娥。兩個看答着。是請他不請他。是金蓮遂依聽玉樓之言。不一時來興兒買了酒和猪首。送到厨下。惠蓮正在後邊和玉簫在石臺基上坐着撾瓜子兒哩。來興兒便叫他惠蓮嫂子。五娘三娘。都上覆你。使我買了酒猪首連蹄子。都在厨房裡教你替他燒熟了。送到前邊六娘房裡去。惠蓮道。我不得閑與娘納鞋哩。隨問教那個燒燒兒罷巴巴坐名兒教我燒來與兒道你燒不燒隨你交與你我有勾當去說着楊長出去了。玉簫道你且丢下替他燒燒罷你聴的五娘嘴頭子又惹的聲氣氣氣的蕙蓮笑道五娘怎麽就知我會燒猪頭巴巴的裁派與我替他燒于是起身走到大厨竈裡舀了一鍋水把那猪首蹄子剃刷乾淨只用的一根長柴安在竈内用一大碗油醬并回香大料拌着停當上下錫古子扣定那消一個時辰把個猪頭燒的皮脱肉化香噴噴五味俱全將大水盤盛了連姜蒜碟兒教小厮兒用方盒拿到前邉李瓶兒房裡旋打開金華酒篩來玉樓揀上分兒齊整的留下一大盤子并一壺金華酒與月娘吃使丫鬟送到上房裡其余三個婦人圍定把酒來斟正吃中間。只見惠蓮笑嘻嘻。走到根前說道。娘每試嚐這猪頭。今日小的燒的。好不好。金蓮道。三娘纔纔誇你倒好手段兒。燒的這猪頭倒且是稀爛。李瓶兒問道。真個你用一根柴禾兒。惠蓮道。不瞞娘每說。還消不得一根柴禾兒哩。若是一根柴禾兒。就燒的脫了骨。玉樓叫綉春。你拿個大盞兒。篩一盞兒與你嫂子吃。李瓶兒連忙叫綉春斟酒。他便取揀碟兒揀了一碟猪頭肉兒。遞與惠蓮。說道。你自造的。你試嚐嚐。惠蓮道。小的自知娘每吃不的鹹。沒曾好生加醬。胡亂也罷了。下次再燒時。小的知道了。于是插燭也似磕了三個頭。方纔在卓頭傍邊立着。做一處吃酒。到晚夕月娘來家。衆婦人見了月娘。小玉悉將送來猪頭。拿與月娘看。玉樓笑道。今日俺每因在李大姐處下棋。贏的李大

姐猪頭。留與姐姐吃。月娘道。這般有些不均了。各人賭勝。虧了
一個就不是了。咱每這等計較。只當大節下。咱姊妹這幾人。每
人輪流治一席酒兒。叫將郁大姐來。晚間耍耍。有何妨碍。強如
那等賭勝負。難為一個人。我主張的好不好。衆人都說姐姐主
張的是。月娘道。明日就是初五日。先起罷。使小厮叫郁大姐來。
于是李嬌兒占了初六。玉樓占了初七。金蓮占了初八日。金蓮
道。只我便益。那日又是我的壽酒。又該我擺酒。一舉而兩得。問
着孫雪娥。孫雪娥半日不言語。月娘道。他罷。你每不要纏他了。
教李大姐挨着擺。玉樓道。初九日又是六姐生日。只怕有潘姥
姥和他妗子來。月娘道。初九日不得閒。教李大姐挪在初十日
也罷了。衆人計議已定。話休饒舌。先是初五日。西門慶不在家。

往隣家赴席去了。月娘在上房擺酒。郁大姐彈唱。請衆姊妹歡
飲了一日。方散。到第二日。却該李嬌兒。就挨着玉樓金蓮。都不
必細說。須臾過了金蓮生日。潘姥姥吳大妗子。都在這裡過節。
頭要看看到初十日。該李瓶兒擺酒。使綉春往後邊請雪娥去。
一連請了兩替。答應着來。只顧不來。玉樓道。我就說他不來。李
大姐。只顧強去請他。可是他對着人說的。你每有錢的。都吃十
輪酒。沒的那俺每去赤脚絆驢蹄。似他這等說。俺每罷了。把大
姐姐都當驢蹄了看成。月娘道。他是恁不是才料處窩行貨子。
都不消理他了。又請他怎的。于是擺上酒來。衆人都來前邊李
瓶兒房裡吃酒。郁大姐在傍彈唱。當下也有吳大妗子。和西門
大姐。共八個人飲酒。那日西門慶不在家。往人家去了。月娘分

付玉筲。等你爹來家要吃酒。你在房裡打發他吃就是了。玉筲應諾。不想後晌時分。西門慶來家。玉筲向前替他脫了衣裳。西門慶便問月娘往那去了。玉筲回道。都在前邊六娘房裡。和大妗子潘姥姥吃酒哩。西門慶問道。吃的是甚麽酒。玉筲道。是金華酒。西門慶道。還有年下你應二爹送的。那一壜茉梨花酒。打開吃。一面教玉筲旋把茉梨花酒打開。西門慶嚐了嚐。說道。自好你娘每吃。教玉筲小玉兩個。提着送到前邊李瓶兒房中。惠蓮正在月娘傍邊侍立斟酒。見玉筲送酒來。惠蓮俐便連忙走下來接他的酒。玉筲便遞了個眼色與他。向他手上捏了一下。這老婆就知其意。月娘問玉筲誰使你送酒來。玉筲道。爹使我來。月娘道。你爹來家都大回了。玉筲道。爹剛纔來家。因問娘每吃的甚麼酒。說是金華酒。教我把應二爹送的這一壜茉梨花酒。拿來與娘每吃。月娘問你爹若吃酒。房中放卓兒。有見成菜兒。打發他吃。玉簫應諾。往後邊去了。這蕙蓮在席上站立了一回。推說道。我後邊看茶來與娘每吃。月娘分付對你姐說。上房揀糖裡有六安茶。頓一壺來俺每吃。這老婆一個猎古調。走到後邊。玉簫跟在堂屋門首。取茶來了。撇了個嘴兒與他。老婆掀開簾子。進月娘房來。只見西門慶坐在椅上。正吃酒。走向前一屁股。坐在他懷裡。兩個就親嘴咂舌頭做一處。老婆一面用手搭着他那話。一面在上噙酒哺與他吃。老婆便道。爹你有香茶再與我些。前日你與的那香茶都沒了。又道。我少薛嫂兒幾錢花兒錢。你有銀子與我些兒。我還他。西門慶道。我茄袋內還有一二兩。你拿去。說着。西門慶要解老婆褲子。老婆道。不好。只怕人來看見。西門慶道。你今日不出去。在後邊晚夕咱好生耍耍。老婆搖頭說道。後邊惜薪司擋住路兒柴衆。咱不如還在五娘那裡。色絲子女。于是玉簫在堂屋門首觀風。由他二人在屋裡做一處頑耍。常言路上說話。草裡有人。不防孫雪娥正從後來。聽見房裡有人笑。只猜玉簫在房裡和西門慶說笑。不想玉簫又在穿廊下坐的。就立住了脚。玉簫恐怕他進屋裡去。便一徑支他說前邊六娘請姑娘。怎的不往那裡吃酒。那雪娥鼻子裡冷笑道。俺每是沒時運的人兒。漫地裡栽桑。人不上他行。騎着快馬。也赶不上他。拿甚麼伴着他吃十輪兒酒。自下窮的伴當兒伴的沒褲兒。正說着。被西門慶房中咳嗽了一聲。雪娥就往廚房裡去了。這玉簫把簾子撇開。老婆見無人。急伶俐兩三步。就扠出來。往後邊看茶去了。須臾小玉從外邊走來。叫惠蓮嫂子。娘說你怎的取茶就不去了哩。老婆道。茶有了着姐拿菓仁兒來。不一時。小玉拿着盞托他提着茶。一直來到前邊。月娘問道。怎的茶這咱纔來。惠蓮道。爹在房裡吃酒。小的不敢進去。等着姐屋裡取茶葉。剥菓仁兒來。于是打發衆人吃了茶。小玉便拿回盞托去了。這惠蓮在席上斜靠桌兒站立。看着月娘衆人擲骰兒。故作揚聲說道。娘把長么搭在純六。却不是天地分。還贏了五娘。又道。你這六娘骰子。是個錦屏風對兒。我看三娘這么三配純五。只是十四點兒輸了。被玉樓惱了。說道。你這媳婦子。俺每在這裡擲骰兒。插嘴插舌。有你甚麼說處。幾句把老婆羞的站又站不住。立又立不住。飛紅了面皮。往下去了。正是誰人沒得西江水。難洗今朝一面羞。這裡衆婦人飲酒。至掌燈時分。只見西門慶掀開簾子。進來笑道。你每好吃。吳大妗子跐起來。說道。姐夫來了。連忙讓坐兒與他坐。月娘道你在後邊吃酒去罷了。女婦男子漢。又走來做甚麽。西門慶道。旣是恁說。我去罷。于是走過金蓮這邊來。金蓮隨即跟了來。見西門慶吃的半醉。拉着金蓮說道。小油嘴。我有句話兒和你說。我要留蕙蓮在後邊一夜兒罷。後邊沒地方兒。看你怎的容他在你這邊歇一夜兒罷。好不好。金蓮道。我不好罵的。沒的那汗邪的胡說。隨你和他那裡合搗去。好嬌態教他在我這裡。我是沒處照放他。我就算依了你。春梅賊小肉兒。他也不容他這裡。你不信。叫了春梅小肉兒問了他來他若肯了我就容你容他在這屋裡西門慶道既是你娘兒每不肯罷我和他往那山子洞兒那裡過一夜你分付丫頭拿牀鋪盖生些火兒那裡去不然這一冷怎麼當金蓮忍不住笑了我不好罵出你來的賊奴才淫婦他是養你的娘你是王祥寒冬臘月行孝順在那石頭牀上臥氷哩西門慶笑道恠小油嘴兒休傒落我罷麼好歹叫丫頭生個火兒金蓮道你去我知道當晚衆堂客席散金蓮分付秋菊果然抱鋪盖籠火在山子底下藏春塢雪洞兒預備惠蓮送月娘李嬌兒玉樓進到後邊儀門首故意說道娘小的不送往前邊去罷月娘道也罷你前邊歇去罷這老婆打發月娘進入還在儀門首站立了一回見無人一溜烟往山子底下去了正是莫教襄

王勞望眼。巫山自送雨雲來。這宋惠蓮走到花園門只說西門
慶還未進來。就不曾扣角門子。只虛掩着來。到藏春塢洞兒內。
只見西門慶又早在那裡頭秉燭而坐。老婆進到裡面。但覺冷
氣侵人。塵囂滿榻。于是袖中取出兩個棒兒香。燈上點着。插在
地下。雖故地下籠着一盆炭火兒。還冷的打兢。老婆在牀上先
伸下鋪。上面還盖着一件貂鼠禪衣。掩上雙扉。兩個上牀就寢。
西門慶脫去衣裳。白綾道袍。坐在牀上。把老婆褪了褲。抱在懷
裡。兩隻脚蹺在兩邊。那話突入牝中。兩個摟抱。正做得好。却不
妨潘金蓮。打聽他二人入港。已是定了。在房中摘去冠兒。輕移
蓮步。悄悄走來花園內。聽他兩個私下說甚話。到角門首。推了
推門着。遂潛身徐步而入。也不怕蒼苔冰透了。凌波花刺抓傷

了。褶褶跙足，隱身在藏春塢月窗下站聽良久。只見裡面燈燭
尚明，老婆笑聲說。西門慶，冷鋪中捨冰，把你賊受罪不渴的老
花子。就沒本事尋個地方兒，走在這寒冰地獄裡來了。口裡啣
着條繩子。凍死了往外拉。又道。冷合合的。睡了罷。怎的只顧端
詳我的腳。怎的你看過那小腳兒的來。相我沒雙鞋面兒。那個
買與我雙鞋面兒。也怎看着人家做鞋。不能勾做。西門慶道。我
兒不打緊處。到明日替你買幾錢的各色鞋面。誰知你比你五
娘腳兒還小。老婆道。拿甚麼比他。昨日我拿他的鞋畧試了試。
還套着我的鞋穿。倒也不在乎大小。只是鞋樣子周正纔好。金
蓮在外聽了。這個奴才淫婦。等我再聽一回。他還說甚麼。于是
又聽勾多時。只聽老婆問西門慶說。你家第五的秋胡戲。你要

他來家。多少時了。是女招的。是後婚兒來。西門慶道。也是回頭人兒。老婆道。嗔道恁恁久慣老成。原來也是個意中人兒。露水夫妻。這金蓮不聽便罷。聽了。氣的在外兩隻肐膊都軟了。半日移脚不動。說道。若教這奴才淫婦。在裡面把俺每都吃他撑下去了。待要那時就聲張罵起來。又恐怕西門慶性子不好。逞了淫婦的臉。待要含忍了他。恐怕他明日不認。罷罷。留下個記兒。使他知道。到明日。我和他答話。于是走到角門首。拔下頭上一根銀簪兒。把門倒銷了。懊恨歸房宿歇 一宿晚景題過。到次日清早辰。老婆先來穿上衣裳。蓬着頭。走出來。見角門沒插。吃了一驚。又搖門。搖了半日。搖不開。走去見西門慶。西門慶隔壁叫迎春替他開了。因看見簪銷門兒。就知是金蓮的簪子。就知曉夕

他聽了去了。這老婆懷着鬼胎。走到前邊正開房門。只見平安
從東淨裡出來看見他。只是笑。惠蓮道。怪囚根子。誰和你雌着
那牙笑哩。平安兒道。嫂嫂俺每笑笑兒也嗔。惠蓮道。大清早晨
平白笑的是甚麼。平安道。我笑嫂子三日沒吃飯。眼前花。我猜
你昨日一夜不來家。這老婆聽了此言。便把臉紅了。罵道。賊提
口拔舌見鬼的囚根子。我那一夜不在屋裡睡。怎的不來家。你
去䫘尾兒。也要下落。平安道。我剛纔還看嫂子鎖着門。怎的賴
得過。惠蓮道。我早起身就往五娘屋裡。只剛纔出來。你這囚在
那裡來。平安道。我聽見五娘教你醃螃蟹。說你會劈的好腿兒。
嗔道五娘使你門首看着旋簸箕的。說你會咂的好舌頭。把老
婆說的急了。拿起條門拴來。赶着平安兒遶院子罵道。賊汗邪

因根子。看我到明日對他說。不說不與你個功德也不怕。狂的
有甚些習兒也。怎的。那平安道。耶嘍嫂子。將就着些兒罷。對誰
說我曉的你往高枝兒上去了。那惠蓮急訕起來。只赶着他打。
不料玳安正在印子舖簾子下走出來。一把首將拴奪住了。說
道嫂子為甚麼打他。惠蓮道。你問那雌牙鬼囚根子。口裡六說
白道的把我的脬膊都氣軟了。那平安得手外往鮑了。玳安推
着他說。嫂子你少生氣着惱且往屋裡梳頭去罷。婦人便向腰
間葫芦兒順代裡取出三四分銀子來。遞與玳安道。累你替我
拿大碗盪兩個合汁來我吃。把湯盛在銚子裡罷。玳安道不打
緊等我去。一手接了。連忙洗了臉。替他盪了合汁來。婦人讓玳
安吃了一碗。他也吃了一碗。方纔梳了頭。鎖上門。先到後邊月

娘房裡打了卯兒然後來金蓮房裡金蓮正臨鏡梳粧惠蓮小意兒在傍拿抿鏡掇洗手水慇懃侍奉金蓮正眼也不瞧他也不理他惠蓮道娘的睡鞋裹脚我捲了收了罷金蓮道由他你放着教丫頭進來收便叫秋菊賊奴才往那去了惠蓮道秋菊掃地哩春梅姐在那裡梳頭哩金蓮道你別要管他丢着罷亦發等他每來拾掇歪蹄潑脚的沒的展汚了嫂子的手你去扶持你爹爹也得你恁個人兒扶持他纔可他的心俺每都是露水夫妻再醮貨兒只嫂子是正名正頂轎子娶將來的是他的正頭老婆秋胡戲這老婆聽了正道着昨日晚夕他的真病于是向前雙膝跪下說道娘是小的一個主兒娘不高擡貴手小的一時兒存站不的當初不因娘寬恩小的也不肯依隨爹就

是後邊大娘。無過只是個大緜兒。小的還是娘擡舉多。莫不敢在娘面前欺心。隨娘查訪。小的但有一字欺心。到明日不逢好死。一個毛孔兒裡。生下一個疔瘡。金蓮道。不是這等說。我眼子裡放不下砂子的人。漢子既要了你。俺每莫不與爭。不許你在漢子根前弄鬼。輕言輕語的。你說把俺每躧下去了。你要在中間蹅跳。我的姐姐。對你說。把這等想心兒且吐了些兒罷。惠蓮道。娘再放小的並不敢欺心。到只怕昨日晚夕。娘錯聽了。金蓮道。傻嫂子。我閑的慌。聽你怎的。我對你說了罷。十個老婆買不住一個男子漢的心。你爹雖故家裡有這幾個老婆。或是外邊請人家的粉頭來家。通不瞞我一些兒。一五一十就告我說。你聲你六娘當時和他一個鼻子眼兒裡出氣。甚麼事兒來家不告訴我你比他羞些兒說得老婆開口無言在房中立了一回。走出來了。走到儀門夾道內撞見西門慶說道你好人兒原來你是個大滑答子貨昨日人對你說的話兒你就告訴與人今日教人下落了我恁一頓我和你說的話兒只放在你心裡放爛了纔好想起甚麼來對人說乾淨你這嘴頭子就是個走水的槽有話到明日不告你說了。西門慶道甚麼話我並不知道那老婆瞅了一眼往前邊去了平昔這婦人嘴兒乖常在門前站立買東買西赶着傅夥計叫傅大郎陳經濟叫姐夫賁四叫老四昨日和西門慶勾搭上了越發在人前花哨起來常和眾人打牙配嘴全無忌憚或一時教傅大郎我拜你拜替我門首看着買粉的那傅夥計老成便驚心兒替他門首看過來叫住請他出來買玳安故意戲他說道嫂子賣粉的早辰過去了你早出來拿秤称他的好來老婆罵道賊猴兒裡邊五娘六娘使我要買搽的粉你如何說拿秤称三斤胭脂二斤粉教那淫婦搽了又搽看我進裡邊對他說不說玳安道那嚛嫂子行動只拿五娘諕我幾時來一回又叫賁老四你對我門首看着賣梅花菊花的我要買兩對兒戴那賁四倶了買賣好一夕專心替他看着賣梅花的過來叫住請出他來買婦人立在二層門裡打開廂兒揀要了他兩對鬢花大翠又是兩方紫綾閃色銷金汗巾兒共該他七錢五分銀子婦人向腰裡摸出半側銀子兒來央及賁四替他鑿称七錢五分與他那賁四正寫着帳丟下走來蹲着身子替他鑿只見玳安走來說道等我與嫂子鑿一面

接過銀子在手。且不鑿。只顧瞧那銀子。婦人道。賊猴兒不鑿。只情端詳的是些甚麼。你半夜沒聽見狗咬。是偷來的銀子。玳安道。偷倒不偷。這銀子有些眼熟。倒像爹銀子包兒裡的。前日爹在燈市裡鑿與賣方金蠻子的銀子。還剩了一半。就是這銀子。我記得千真萬真。婦人道。賊囚。一個天下人還有一樣兒的。爹的銀子。怎的到得我手裡。玳安笑道。我知道甚麼帳兒。婦人便赶着打。小厮把銀子鑿下七錢五分。交與賣花翠的。把剩的銀子。拿在手裡。不與他去了。婦人道。賊囚根子。你赶拿了去。我等你好漢。玳安道。我不拿你的。你把剩下的與我些兒買甚麼吃。那婦人道。賊猴兒。你遞過來。我與你哄的。玳安遞到他手裡。只掠了四五分一塊與他。別的還搡在腰裡。一直進去了。自此以後常在門首成兩價拿銀錢買剪截花翠汗巾之類甚至瓜子兒四五升量進去教與各房丫鬟并衆人吃頭上治的珠子箍兒金燈籠墜子黃烘烘的衣服底下穿着紅潞紬褲兒線捺護膝又大袖子袖着香茶木樨香桶子三四個帶在身邊見一日也花消二三錢銀子都是西門慶背地與他的此事不必細說這老婆自從被金蓮識破他機關每日只在金蓮房裡把小意兒貼恋與他頓茶頓水做鞋脚針指不拿強拿不動強動正經月娘後邊每日只打個到面兒就來前邊金蓮這邊來每日和金蓮瓶兒兩個下棋抹牌行成夥兒或一時撞見西門慶來金蓮故意令他傍邊斟酒教他一處坐每日大酒大肉頑耍只圖漢子喜歡這婦人見抱金蓮腿兒正是顛狂柳絮隨風舞輕薄

桃花順水流。有詩爲証

金蓮好寵弄心機　宋氏姑容犯主闈
晨牝不啚今蓄禍　他日遭愆竟莫追

畢竟未知後來何如。且聽下回分觧。

第二十四回　敬濟元夜戲嬌姿

聯經出版事業公司 景印版

惠祥怒詈來旺婦

# 第二十四回

經濟元夜戲嬌姿　惠祥怒詈來旺婦

銀燭高燒酒乍醺　當筵且喜笑聲頻
蠻腰細舞章臺柳　檀口輕歌上苑春
香氣拂衣來有意　翠微落地拾無聲
不因一點風流趣　安得韓生醉後醒

話說一日天上元宵。人間燈夕。西門慶在家廳上。張掛花燈。鋪陳綺席。正月十六。合家歡樂飲酒。正面圍着石崇錦帳圍屏。掛着三盞珠子吊燈。兩邊擺列着許多妙戲卓燈。西門慶與吳月娘居上坐。其餘李嬌兒孟玉樓。潘金蓮李瓶兒孫雪蛾西門大姐。都在兩邊列坐。都穿着錦綉衣裳。白綾襖兒。藍裙子。惟有吳

月娘穿着大紅遍地通袖袍兒。貂鼠皮襖。下着百花裙。頭上珠
翠堆盈。鳳釵半卸。春梅玉簫。迎春蘭香。一般兒四個家樂。在傍
摽箏歌板。彈唱燈詞。獨於東首設一席。與女婿陳經濟坐。一般
三湯五割。食烹異品。菓獻時新。小玉元宵。小鸞繡春。都在上面
下來斟酒。那來旺兒媳婦宋惠蓮。不得上來。坐在穿廊下一張
椅兒上。口裡磕瓜子兒。等的上邊呼喚要酒。他便揚聲叫來安
兒畫童兒。娘上邊要熱酒。快儹酒上來。賊囚根子。一個也沒在
這裡伺候。多不知往那裡去了。只見畫童盪酒上去。西門慶就
罵道。賊奴才。一個也不在這裡伺候。往那裡去來。賊少打的奴
才。小厮走來說道。嫂子誰往那去來。就對着爹說吆喝。教爹罵
我。惠蓮道。上頭要酒。誰教你不伺候。關我甚事。不罵你罵誰。畫

童兒道。這地上乾乾淨淨的嫂子磕下恁一地瓜子皮。爹看見又罵了。惠蓮道賊囚根子。六月債兒熱還得快。就是甚麼打緊教你彫佛眼兒。便當你不掃。丟着。另教個小厮掃。等他問我。只說得一聲。畫童兒道。那樂嫂子。將就些兒罷了。如何和我合氣。于是取了苕蒂來替他掃瓜子皮兒。這宋惠蓮外邊磕瓜子兒。不題。却說西門慶席上。見女婿陳經濟設酒。分付潘金蓮連忙下來滿斟一杯酒。笑嘻嘻遞與經濟。說道。姐夫你爹分付。好歹飲奴這杯酒兒。經濟一壁接酒。一面把眼兒不住斜瞟婦人說五娘請尊便。等兒子慢慢吃。婦人一徑身子。把燈影着左手執酒。剛待的經濟用手來接。右手向他手背只一捏。這經濟一面把眼瞧着衆人。一面在下戲把金蓮小脚兒上踢了一下。婦人微笑低聲道怪油嘴你丈人瞧着待怎的看官聽說兩個自知暗地裡調情頑耍却不知宋惠蓮這老婆又是一個兒在槅子外窓眼裡被他瞧了個不亦樂乎正是當局者迷傍觀者清雖故席上衆人到不曾看出來却被他向窓隙燈影下覩得仔細口中不言心下自思尋常時在俺每根前到且提精細撇清誰想暗地却和這小夥子兒勾搭今日被我看出破綻到明日再搜求我是有話說正是

誰家院內白薔薇　暗暗偷攀三兩枝
羅袖隱藏人不見　馨香惟有蝶先知

飲酒多時西門慶忽被應伯爵差人請去賞燈吃酒去了分付月娘你們自在頑耍我往應二哥家吃酒去來玳安平安兩個

小廝跟隨去了。月娘與衆姊妹吃了一回。但見銀河清淺。珠斗爛班。一輪團圓皎月。從東而出。照得院宇猶如白晝。婦人或有房中換衣者。或月下整粧者。或有燈前戴花者。惟有玉樓金蓮李瓶兒。三個并惠蓮。在廳前看經濟放花兒。李嬌兒孫雪娥西門大姐。都隨月娘後邊去也。金蓮便向二人說道。他爹今日不在家。咱對大姐姐說。往街上走走去。惠蓮在傍說道。娘們去。也攜帶我走走。金蓮道。你既要去。你就往後邊問聲你大娘去。和你二娘看。他去不去。俺們在這裡等着你。那惠蓮連忙往後邊去了。玉樓道。他不濟事。等我親自問他聲出去。李瓶兒道我也往屋裡穿件衣裳去。這回來冷。只怕夜深了。金蓮道。李大姐你有披襖子。帶出件來我穿着。省得我往屋裡去走一遭。那李瓶兒應諾去了。獨剩着金蓮一個。看着經濟放花兒。見無人走向經濟身上揑了一把。笑道。姐夫原來只穿恁单薄衣裳。不害冷麼。不是大家兒子小鐵棍兒。笑嘻嘻在根前舞旋旋的。且拉着經濟問姑夫要炮燀放。這經濟恐怕打攪了事。巴不得與了他兩個元宵炮燀。支的他外邊耍去了。于是和金蓮打牙犯嘴嘲戲說道。你老人家見我身上单薄。肯賞我一件衣裳兒穿也恁的。金蓮道。賊短命。得其慣便了。頭裡躧了我的脚兒。我不言語。如今大胆又來問我要衣服穿。我又不是你影射的。何故把與你衣服穿。經濟道。你老人家不與他罷。如何扎筏子來諕我。婦人道。賊短命。你是城樓子上雀兒。好耐驚耐怕的虫蟻兒。正說着。見玉樓和惠蓮出來。向金蓮說道。大娘因身上不方便。大姐不自在。故不去了。教娘們走走。早些來家。李嬌兒害腿疼。也不走。雪娥見大姐姐不走。恐怕他爹來家嗔他。也不出門。金蓮道。都不去罷。只咱和李大姐三個去罷。等他爹來家。隨他罵去。再不把春梅小肉兒和房裡玉簫。你房裡蘭香。李大姐房裡迎春。都帶了去。等他爹來家問。就教他答話。小玉走來道。俺奶奶也是不去。我也跟娘們走走。玉樓道。對你奶奶說了去。我前頭等着你良久。小玉問了月娘。笑嘻嘻出來。當下三個婦人。帶領着一簇男女。來安畫童。兩個小廝。打着一對紗吊灯跟隨。女婿陳經濟躧着馬。擡放烟火花炮。與衆婦人瞧。宋惠蓮道。姑夫你好歹畧等等兒。娘們携帶我走走。我到屋裡搭搭頭就來。經濟道。俺們如今就行。惠蓮道。你不等我。就是惱你一生。于是走到屋裡換了一套綠閃紅叚子對衿襖兒白挑線裙子又用一方紅銷金汗巾子搭着頭額角上貼着飛金三個香茶并面花兒金燈籠墜子出來跟着衆人走百媚兒月色之下恍若仙娥都是白綾襖兒遍地金比甲頭上珠翠堆滿粉面朱唇經濟與來興兒左右一邊一個隨路放慢吐蓮金絲菊一丈蘭賽月明出的大街市上但見香塵不斷遊人如蟻花炮轟雷燈光雜彩簫鼓聲喧十分熱鬧左右見一隊紗燈引導一簇男女過來皆披紅垂綠以為出於公侯之家莫敢仰視都躲路而行那宋惠蓮一回叫姑夫你放過桶子花我瞧一回又道姑夫你放過元宵炮傽我聽一回又落了花翠拾花翠一回又吊了鞋扶着人且兜鞋左來右去只和經濟嘲戲玉樓看不上說了兩句如何只見你

吊了鞋玉簫道他怕地下泥套着五娘鞋穿着哩玉樓道你叫
他過來我瞧眞個穿着五娘的鞋金蓮道他昨日問我討了一
雙鞋誰知成精的狗肉他套着穿惠蓮于是摟起裙子來與玉
樓看看見他穿着兩雙紅鞋在脚上用紗緑線帶兒扎着褲腿
一聲兒也不言語須臾走過大街到燈市裡金蓮向玉樓道咱
如今往獅子街李大姐房子裡走走去于是分付畫童來安兒
打燈先行迤邐往獅子街來小厮先去打門老馮已是歇下房
中有兩個人家買的丫頭在炕上睡慌的老馮連忙開了門讓
衆婦女進來旋戳開爐子頓茶挈着壺往街上取酒孟玉樓道
老馮你且住不要去打酒俺每在家酒飯吃的飽飽來你每有
茶倒兩甌子來吃罷金蓮道你旣留人吃酒先訂下菜兒纔好

李瓶兒道媽媽子一瓶兩瓶取了來打水不渾的勾誰吃要取
一兩罈兒來玉樓道他哄你不消取只看茶來罷那婆子方纔
不動身李瓶兒道媽媽子怎的不往那邊去走走端的不知你
成日在家做些甚麼婆子道奶奶你看丟下這一個業障在屋
裡誰看他玉樓便問道兩個丫頭是誰家賣的婆子道一個是
北邊人家房裡使女十三歲只要五兩銀子一個是汪序班家
出來的家人媳婦家人走了主子把鬏髻打了領出來賣要十
兩銀子玉樓道媽媽我說與你有一個人要你攛他些銀子使
婆子道三娘果然是誰要告我說玉樓道如今你二娘房裡只
元宵兒一個不勾使還尋大些的丫頭使與你到把這大的賣
與他罷因問這丫頭十幾歲婆子道他今年屬牛十七歲了說

着拿茶來衆人吃了茶那春梅玉簫并惠蓮都前後瞧了一遍
又到臨街樓上推開窻子瞧了一遍陳經濟催逼說夜深了看
了快些家去罷金蓮道俺短命催的人手脚兒不停住慌的是
些甚麽於是叫下春梅衆人來方纔起身馮媽媽送出門李瓶
兒因問平安往那裡去了婆子道今日這咱還沒來教老身半
夜三更開門閉户等着他來安兒道今日平安兒跟了爹往應
二爹家去了李瓶兒分付媽媽子早些関了門睡了罷他多也
是不來省的悞了你的睡頭明日早來宅裡伺候你是石佛寺
長老請着你就張致了婆子道誰是老身主兒老身敢張致李
瓶兒道媽媽休得多言多語明日早與你二娘送丫頭來說畢
看着他関了大門這一簇男女方纔回家走到家門首只聽見

住房子的韓回子老婆韓嫂兒聲音因他男子漢答應馬房內見他在家跟着人走百病兒去了醉回來家說有人夜晚剜開他房門偷了狗又不見了些些東西坐在當街上撒酒風罵人衆婦人方纔立住了脚金蓮使來安兒你去叫韓嫂兒等俺每問他個端的不一時把韓嫂兒叫到當面你爲甚麽來韓嫂子不慌不忙扠手向前拜了兩拜說道三位娘在上聽小媳婦從頭兒告訴咱要孩兒爲証太平佳節元宵夜云云

云云玉樓等衆人聽了每人掏袖中些些錢果子與他叫來安兒你叫你陳姐夫送他進屋裡那陳經濟且顧和惠蓮兩個嘲戲不肯搊他去金蓮使來安兒扶到他家中分付教他明日早來宅內漿洗衣裳我對你爹說替你出氣那韓嫂兒千恩萬謝回家去了玉樓等剛走過

門首來只見賁四娘子穿着紅袄玄色段比甲玉色裙勒着銷金汗巾在門首笑嘻嘻向前道了萬福說道三位娘那裡走了走請不棄到寒家献茶玉樓道方纔因小兒哭俺站住問了他聲承嫂子厚意天晚了不到罷賁四娘子道那嚛三位娘上門怪人家就笑話俺小家人家茶也奉不出一杯兒來生死拉到屋裡原來外邊供養觀音八難并関聖賢當門掛着雪花燈兒一盞掀開門簾他十四歲女兒長姐在屋裡卓上兩盞紗燈擺設着春臺菓酌與三人坐連忙教他長姐過來與三位娘磕頭遞茶玉樓金蓮每人與了他兩枝花兒李瓶兒袖中取了方汗巾又是一錢銀子與他買瓜子兒磕嗑喜歡的賁四娘子拜謝了又拜款留不住玉樓等起身到大門首小厮來興在門首迎接

金蓮就問你爹來家不曾來興道爹未回家哩三個婦人還看着陳經濟在門首放了兩筒一丈菊和一筒大烟蘭一個金盞銀臺兒纔進後邊去了西門慶直至四更來家正是醉後不知天色暝任他明月下西樓却說陳經濟因走百病兒與金蓮等衆婦人嘲戲了一路兒又和來旺媳婦宋惠蓮兩個言來語去都有意了次日早辰梳洗畢也不到鋪子内逕往後邊吳月娘房裡來只見李嬌兒金蓮陪着吳大妗子坐的放着炕卓兒纔擺茶吃月娘便往佛堂中去了燒香這小夥兒向前作了揖坐下金蓮便說道陳姐夫你好人兒昨日教你送送韓嫂兒你就不動只當還教你小廝送去了且和媳婦子打牙犯嘴不知甚麼張致等你大娘燒了香來看我對他說不說經濟道你老人

家還說哩。昨日險些兒子腰累癱瘓了哩。跟了你老人家走了一路兒又到獅子街房裡回來。該多少里地。人辛苦走了。還教我送韓回子老婆。教小廝送送也罷了。聽了多大回。就天晚了。今早還扒不起來。正說着。吳月娘從燒了香來。經濟作了揖。月娘便問。昨日韓嫂兒爲甚麼撒酒風罵人。經濟把因走百病被人剜開門。不見了狗。坐在當街哭喊罵人。今早他漢子來家。一頓好打的。這咱還沒起來哩。金蓮道。不是俺每回來。勸的他進去了。一時你爹來家。撞見甚模樣子。說畢。玉樓李瓶兒大姐。都到月娘屋裡吃茶。經濟也陪着吃了茶。後次大姐回房。罵經濟不知死的囚根子。平白和來旺媳婦子打牙犯嘴。倘忽一時傳的爹知道了。淫婦便沒事。你死也沒處死。幾句說經濟那日西門慶。在李瓶兒房裡宿歇。起來的遲。只見荊千户。新陞一處兵馬都監。來拜西門慶。纔起來旋梳頭。包網巾。整衣出來。陪荊都監在廳上說話。一面使平安兒進來。後邊要茶。宋惠蓮正和玉簫小玉。在後邊院子裡撾子兒。賭打瓜子。頑成一塊。那小玉把玉簫騎在底下。笑罵道。賊淫婦輸了瓜子。不教我打。因叫惠蓮你過來。扯着淫婦一隻腿。等我入合這淫婦一下子。正頑着。只見平安走來。叫玉簫姐。前邊荊老爹來。使我進來要茶哩。那玉簫也不理他。且和小玉厮打頑耍。不理他。那平安兒只顧催逼。說人坐下來這一日了。宋惠蓮道。怪囚根子。爹要茶。問厨房裡上竈的要去。如何只在俺這裡纏。俺這後邊。只是預備爹娘房裡用的茶。不管你外邊的帳。那平安兒走到厨房下。那日該來保妻惠祥。惠祥道。惟因我這裡使着手做飯。你問後邊要兩鍾茶出去就是了。巴巴來問我要茶。平安道。我到後頭來。後邊不打發茶。惠蓮嫂子說。該是那上竈的首尾。問那個要。他不管哩。這惠祥便罵道。賊淫婦。他認定了他是爹娘房裡人。俺天生是上灶的來。我這裡又做大家夥裡飯。又替大娘子炒素菜。幾隻手。論起就倒倒茶兒去。也罷了。巴巴坐名兒來尋上竈的。上竈的是你叫的。悞了茶也罷。我偏不打發上去。平安道。荊老爹來坐了這一日。嫂子快些打發茶。我拿上去罷。遲了又惹爹罵。當下這裡推那裡。那裡推這裡。就躭悞了半日。比及又等玉簫取茶菓茶匙兒出來。平安兒拿出茶去。那荊都監坐的久了。再三要起身。被西門慶留住。嫌茶冷不好吃。喝罵平安。來另換茶上去。

吃了。荆都監纔起身去了。西門慶進來。問今日茶是誰頓的。平安道。是竈上頓的茶。西門慶回到月娘上房。告訴月娘。今日頓這様茶去與人吃。你往厨下查那個奴才老婆上竈採出來問他打與他幾下。小玉道。今日該惠祥上竈哩。慌的月娘說道。這㨝辣骨待死。越發頓恁樣茶上去了。一面使小玉。呌將惠祥當院子跪着。問他要打多少。惠祥答道。因把做飯炒大娘子素菜。使着手。茶略冷了些。被月娘數罵了一回。饒了他起來。分付今後但凡你爹前邊人來。教玉簫和惠蓮後邊頓茶。竈上只管大家茶飯。這惠祥在厨下。忍氣不過。剛等的西門慶出去了。氣恨恨走來後邊。尋着惠蓮。指着大罵。賊淫婦。趂了你的心了罷了。你天生的就是有時運的。爹娘房裡人。俺每是上竈的老婆來。

巴巴使小廝坐名問上竈要茶上竈的是你叫的你我生來做
成熟飯你識我見的促織不吃癩蝦蟇肉都是一鍬土上人你
恒數不是爹的小老婆就罷了是爹的小老婆我也不怕你惠
蓮道你好沒要緊你頓的茶不好爹嫌你管我甚事你如何走
來拿人散氣惠祥聽了此言越發惱了罵道賊淫婦你剛纔調
唆打我幾棍兒好來怎的不教打我你在蔡家養的漢數不了
來這裡還弄鬼哩惠蓮道我養漢你看見來沒有扯臊淡哩嫂
子你也不什麼清淨姑姑兒那惠祥道我怎不是清淨姑姑兒
蹺起脚兒來比你這淫婦好些些兒我不說你罷漢子有一拿小
米數兒你在外邉那個不吃你嘲過你說你背地幹的那营生
兒只說人不知道你把娘們還放不到心上何況以下的人惠

蓮道。我背地說甚麼來。怎的放不到心上。隨你壓我。我不怕你。惠祥道。有人與你做主兒。你可不怕哩。兩個正拌嘴。被小玉兒請的月娘來。把兩個都喝開了。賊臭肉們不幹那營生去。都拌的是些甚麼。教你主子聽見。又是一塲兒。頭裡不曾打得成。等住回却打得成了。惠蓮道。若打我一下兒。我不把淫婦口裡腸抝了。也不筭我。破着這命擯兑了你。也不差甚麼。咱大家都離了這門罷。說着徃前去了。後次這宋惠蓮越發猖狂起來。仗西門慶背地和他勾搭。把家中大小。都看不到眼裡。逐日與玉樓金蓮李瓶兒。西門大姐。春梅。在一處頑耍。那日馮媽媽送了丫頭來。約十三歲。先到李瓶兒房裡看了。送到李嬌兒房裡。李嬌兒用五兩銀子買下。房中伏侍。不在話下。正是梅花盜逞春情

性。不怕封夷號令嚴。有詩爲証

外作禽荒內色荒　連沾此二字又何妨

早辰跨得雕鞍去　日暮歸來紅粉香

畢竟未知後來何如且聽下回分解

[illegible]

第二十五回　吳月娘春晝鞦韆

來旺兒醉中謗訕

# 第二十五回

雪蛾透露蝶蜂情　來旺醉謗西門慶

名家臺榭縱羣芳　搖拽鞦韆鬪艷粧
曉日暖添新錦綉　春風和藹舊門墻
玉砌蘭芽幾雙美　絳紗簾幙一枝良
堪笑家麋養家禍　閨門自此壞綱常

話說燒燈已過。又早清明將至。西門慶有應伯爵早來邀請。常時節先在花園內捲棚下擺飯。看見許多銀匠在前打造生活。孫寡嘴作東。邀去郊外耍子去了。先是吳月娘花園中扎了一架鞦韆。至是西門慶不在家。閑中率衆姊妹每遊戲一番。以消春晝之困。先是月娘與孟玉樓打了一回。下來。教李嬌兒和潘金蓮打。李嬌兒辭以身体沉重。打不的。却教李瓶兒和金蓮打。打了一回。玉樓便叫六姐過來。我和你兩個打個立鞦韆。分付休要笑。看何如。當下兩個婦人。玉手挽定綵繩。將身立于畫板之上。月娘却教宋惠蓮在下相送。又是春梅。正是。得多少紅粉面對紅粉面。玉酥肩並玉酥肩。兩雙玉腕挽復挽。四隻金蓮顛倒顛。那金蓮在上頭便笑成一塊。月娘道。六姐你在上頭笑不打緊。只怕一時滑倒。不是耍處。說着。不想那畫板滑。又是高底鞋。跐不牢。只聽得滑浪一聲。把金蓮擦下來。早時扶住架子。不曾跌着。險些沒把玉樓也拖下來。月娘道。我說六姐笑的不好。只當跌下來。因望李嬌兒衆人說道。這打鞦韆最不該笑。笑多了有甚麽好。已定腿軟了。跌下來。也是我那咱在家做女兒時。

隔壁周臺官家。有一座花園。花園中扎着一座鞦韆。也三月佳節。一日他家周小姐。和俺一般三四個女孩兒。都打鞦韆耍子。也是這等笑的不了。把周小姐滑下來。騎在畫板上。把身上喜抓去了。落後嫁與人家。被人家說不是女兒。休逐來家。今後打鞦韆。先要忌笑。金蓮道。孟三兒不濟。等我和李大姐打個立鞦韆。月娘道。你兩個仔細打。却教玉簫春梅。右傍推送。纔待打時。只見陳經濟自外來。說道。娘每在這裡打鞦韆哩。月娘道。姐夫來的正好。且來替你二位娘送送兒。丫頭每氣力少。送不的。這經濟老和尚不撞鐘得不的一聲。于是濺步撩衣向前說。等我送二位娘。先把潘金蓮裙子帶住。說道。五娘站牢。兒子送也。那鞦韆飛在半空中。猶若飛仙相似。那李瓶兒見鞦韆起去了。諕的上面惟叫道。不好了。姐夫你也來送我送兒慌的陳經濟說。
你老人家。到且急性。也等我慢慢兒的。打發將來。這相這回子。
這裡叫那裡叫。把兒子勞病都使出來了。也沒些〻氣力使于是
把李瓶兒裙子掀起露着他大紅底衣摳了一把那李瓶兒道。
姐夫慢慢着些〻。我腿軟了。經濟道你老人家原來吃不得緊酒。
先叫成一塊。把兒子頭也叫花了。金蓮又說。李大姐。把我裙子
又兜住了。兩個打到半中腰裡。都下來了。却是春梅和西門大
姐。兩個打。早時又沒站下我來。手挽綵繩。身子站的直屢屢。腳
跐定下邊風來一回。却教玉簫和惠蓮兩個打立鞦韆這惠蓮
也不用人推送。那鞦韆飛起在半天雲裡。然後抱地飛將下來。
端的却是飛仙一般。甚可人愛。月娘看見對玉樓李瓶兒說。你

看媳婦子他到會打正說着被一陣風過來把他裙子刮起裡邊露見大紅潞紬褲兒扎着臟頭紗綠褲腿兒好五色納紗護膝銀紅線帶兒玉樓指與月娘瞧月娘笑罵了一句賊成精的就罷了這裡月娘衆人打鞦韆不題話分兩頭却表來旺兒往杭州織造蔡太師生辰衣服回還押着許多馱垛箱籠船上先走來家到門首打了頭口進入裡面拂了塵灰收卸了行李到於後邊只見雪蛾正在堂屋門首作了揖那雪蛾滿面微笑說道好呀你來家了路上風霜多有辛苦幾時沒見吃得黑胖了來旺因問爹娘在那裡雪娥道你爹今日被應二衆人邀去門外耍子去了你大娘和大姐都在花園中打鞦韆哩來旺兒道阿呀打他則甚鞦韆雖是北方戎戲南方人不打他婦女每到

春三月。只鬬百草耍子。雪娥便往厨下。倒了一盞茶與他吃。因問你吃飯不曾吃。來旺道。我且不吃飯。見了娘。往房裡洗洗臉着。因問媳婦子。在竈上怎的不見。那雪娥冷笑了一聲。說道你的媳婦兒。如今是那時的媳婦兒了。好不大了。他每日只跟着他娘們夥兒裡下棋撾子兒抹牌頑耍。他肯在竈上做活哩。正說着。小玉走到花園中。報與月娘說。來旺兒來了。只見月娘自前邊走來坐下。來旺兒向前磕了頭。立在傍邊。問了些路上往回的話。月娘賞了兩瓶子酒吃。一回他媳婦宋惠蓮來到。月娘道也罷。你辛苦。且往房裡洗洗頭臉。歇宿歇宿去。等你爹來。好見你爹回話。那來旺兒便歸房裡。惠蓮先付鑰匙開了門兒。舀水與他洗臉撣塵。收進褡褳去。說道賊黑囚。幾時沒見便吃得這等肥肥的來家。替他替換了衣裳，安排飯食與他吃。睡了一覺起來，已時日西時分。西門慶來家。來旺兒走到根前，參見悉把杭州織造蔡太師生辰尺頭，并家中衣服，俱已完備，打成包裹，裝了四箱，搭在官船上來家。只少顧夫過稅，西門慶滿心歡喜，與了他趕脚銀兩。明日早裝載進城，收卸停當，交割數目。西門慶賞了他五兩。房中盤纏，又交他家中買办東西。這來旺兒私已帶了些人事。悄悄送了孫雪娥兩方綾汗巾，兩雙裝花膝褲，四匣杭州粉，二十個胭脂。背地告訴來旺兒說，自從你去了四個月光景，你媳婦怎的和西門慶勾搭，玉簫怎的做牽頭，從後子起，金蓮屋裡怎的做窩巢，先在山子底下，落後在屋裡打撅，成日明睡到夜，夜睡到明，與他的衣服首飾花翠銀錢大包帶在身邊。使小廝在門首買東西。見一日也使二三錢銀子。來旺道。怪道箱子裡放着衣服首飾。我問着他。說娘與他的。雪蛾道。那娘與他。到是爹與他的哩。這來旺兒遂聽記在心。到晚夕。到後邊吃了幾鍾酒。歸到房中。常言酒發頓腹之言。因開箱子中。看見一疋藍段子。甚是花樣奇異。便問老婆是那裡的段。誰人與你的。趂早實說。老婆不知就裡。故意笑着回道。怪賊囚問怎的。此是後邊見我沒個襖兒。與了這疋段子。放在箱中。沒工夫做。端的誰肯與我。來旺兒罵道。賊淫婦。還搗鬼哄我。端的是那個與你的。又問。這些首飾。是那裡的。婦人道。呸。怪囚根子。那個沒個娘老子。就是石頭稭刺兒裡迸出來。也有個窩巢兒。棗胡兒生的也有個仁兒。泥人合下來的他也有靈性兒。靠着石頭養的。也有個根絆兒。爲人就沒個親戚六眷。此是我姨娘家借來的釵梳。是誰與我的。白眉赤眼兒鬼到死囚根子。被來旺兒一拳來。險不打了一交兒。賊淫婦。還說嘴哩。有人親看見你。和那沒人倫的猪狗有首尾。玉簫丫頭怎的牽頭。送段子的。與你在前邊花園內兩個幹。落後吊在潘家那淫婦屋裡明幹。成日合的不值了。賊淫婦。你還來我手裡弔子曰兒。那婦人便大哭起來。說道。賊不逢好死的囚根子。你做甚麼來家打我。我幹壞了你甚麼事來。你恁是言不是語。丟塊磚瓦兒也要個下落。是那個嚼舌根的。沒空生有。枉口拔舌。調唆你來欺負老娘。老娘不是那沒根基的貨。教人就欺負死。也揀個乾淨地方。誰說我就不信。你問聲兒宋家的丫頭。若把腳略趄兒把宋字兒倒過來。我也還眦着嘴兒說人哩。賊淫婦王八。你來嚼說我。你這賊囚根子。得不的個風兒就雨兒。萬物也要個實緣。好人教你殺那個人。你就殺那個人。幾句語兒。來旺兒不言語了半日。說道。不是我打你。一時被那厮局騙了。這疋藍段子。越發我和你說了罷。也是去年十一月裡。三娘生日。娘看見我身上。上穿着紫襖。下邊借了玉簫的裙子穿着。說道。媳婦子恠剌剌的。甚麼樣子。不好。纔與了我這疋段。誰得閑做他。那個是不知道。就篡我恁一偏舌頭。你錯認了老娘。老娘不是個饒人的。明日我呪罵了樣兒與他聽。破着我一條性命。自恁尋不着主兒哩。來旺兒道。你既沒此事罷。平白和人合甚氣。快些打舖我睡。這婦人一面把舖伸下。說道。恠倒路死的囚根子。喫了那黃湯。挺你那覺受福平白惹老娘罵。你那毯臉彈子。于是把來旺掠番在炕上面裡鼾睡如雷的了。看官聽說。但凡世上養漢子的婆娘。饒他男子漢十八分精細。咬斷鐵的漢子。吃他幾句左話兒。右說的話十個九個。都着了他道兒。正是東淨裡磚兒又臭又硬有詩為証。

宋氏偷情專主房　　來旺乘醉詈婆娘
雪娥暗泄蜂媒事　　致使干戈肘掖傍

這宋惠蓮窩盤住來旺兒。過了一宿。到次日到後邊問玉簫。誰人透露此事。終莫知其所由。只顧海罵。雪娥不敢認把。一日禍便是這段起。月娘使小玉叫取雪娥。一地裡尋不着。走到來旺兒房門首。只見雪娥從來旺兒屋裡去來。只猜和他媳婦說話不想走到廚下。惠蓮在裡面切肉。良久。西門慶前邊陪着喬大戶說話。央及楊州鹽商王四峰。被安撫使送監在獄中。許銀二千兩。央西門慶對蔡太師人情釋放。剛打發大戶去了。西門慶家中叫來旺。來旺從他屋裡跑出來。正是雪隱鷺鷥飛始見。柳藏鸚鵡語方知。以此都知雪蛾與來旺兒有首尾。一日來旺兒吃醉了。和一般家人小厮。在前邊恨罵西門慶。說怎的我不在家。耍了我老婆。使玉簫丫頭。拿一疋藍段子。別房裡啜他把他吊在花園裡姦耍。後來怎的停眠整宿。潘金蓮怎做窩主。由他只休要撞到我手裡。我教他白刀子進去。紅刀子出來。好不好把潘家那淫婦。也殺了。我也只是個死。你看我說出來。做的出來。潘家那淫婦。想着他在家擺死了他頭漢子武大。他小叔武松因來告狀。多虧了誰替他上東京打點。把武松墊發充軍去了。今日兩脚踏住平川路。落得他受用。還挑撥我的老婆養漢我的仇恨與他結的有天來大。常言道。一不做。二不休。到根前再說話。破着一命剮。便把皇帝打。這來旺兒自知路上說話不知草裡有人。不想被同行家人來興兒聽見。這來興兒本姓因在甘州生養的。西門慶父親西門達往甘州販絨去。帶了來家。使喚。就改名叫做甘來興兒。至是十二三年。光景娶妻生子。西門慶常叫他在家中買辦食用撰錢。近日。因與來旺媳婦宋氏勾搭。把買辦奪了。却教來旺兒管領。這來興兒就與來旺不睦。兩個有殺人之仇。聽見發此言語。有個不懷仇忌恨的。于是走來潘金蓮房裡告訴。與金蓮。金蓮正和孟玉樓一處坐的。只見來。與兒掀簾子進來。金蓮便問來與兒你來有甚事。你爹今日往誰家吃酒去了。來與道今日俺爹和應二爹往門外送殯去了。適有一件事告訴老人家只放在心裡休說是小的來說。金蓮道你有甚事。只顧說不妨事。來與兒道別無甚事。叵耐來旺兒昨日不知那裡吃的稀醉了。在前邊大吆小喝。指猪罵狗。罵了一日。又邏着小的廝打。小的走開一邊不理他。對着家中大小。又罵爹和五娘。潘金蓮就問賊囚根子。罵我怎的。來與小的不敢說。三娘在這裡也不是別人。那廝說爹怎的打發他不在家。要了他爹老婆。使玉簫怎的送了一疋段子。到他房裡。又是証見說五娘怎的做窩主。賺他老婆在房裡和爹兩個明睡到夜夜睡到明。他打下刀子。要殺爹和五娘。白刀子進去。紅刀子出來。又說五娘那咱在家。毒藥擺殺了親夫。多虧了他十東京去打點。救了五娘一命。說五娘如今恩將仇報。挑撥他老婆養漢。小的穿青衣抱黑柱。不先來告五娘說聲。早晚休々那廝暗算。玉樓聽了。如提在冷水盆內一般。先吃一驚。這金蓮不聽見便罷。聽了此言。粉面通紅。銀牙咬碎。罵道這犯死的奴才。我與他往日無冤。近日無仇。他主子要了他的老婆。他怎的纏我。我若教這奴才在西門慶家永不筭老婆。怎的我虧他救活了性命。因分付來興兒。你且去。等你爹來家問你時。你也只照恁般說來。興兒說五娘說那裡話。小的又不頼他。有一句說一句。隨爹怎的問。也只是這等說。說畢。來興兒往前邊去了。玉樓便問金蓮。眞個他和爹這媳婦可有。金蓮道你問那沒廉耻的貨。甚的好老婆也不枉了教奴才這般挾制了在人家使過了的九焞十八火的主子的奴才淫婦當初在蔡通判家房裡和大婆作弊養漢壞了事纔打發出來嫁了廚子蔣聰見過一個漢子他怎的不可舞手有一拿小米數兒甚麼事兒不知道賊強人瞞神兒諕鬼使玉簫送段子兒與他做襖兒穿我看他胆子敢穿出來筭他好老婆也是一冬裡我要告訴你沒告訴你那一日大姐姐往喬大户家吃酒不在咱每都不在前邊下棋只見丫頭說他爹來家咱每不散了落後我走到後邊儀門首見小玉立在穿廊下我問他小玉望着我搖手兒我剛走到花園前只見玉簫那狗肉在角門首站立原來替他兩個觀風我還不知故教我徑往花園裡走玉簫攔着我不教我進去說爹在裡

面教我罵了兩句賊狗肉。我從新又怕起你爹來了。我到疑影
和他有些甚麼查子帳。不想走到裡面。他和媳婦子。在山洞裡
幹营生。他老婆見我進去。把臉飛紅的走出來了。他爹見了我
訕訕的。乞我罵了兩句。沒廉耻落後媳婦子。走到屋裡打旋磨
跪着我教我休對他娘說。落後正月裡他爹要把淫婦。安托在
我屋裡過一夜兒。乞我和春梅折了幾句。再幾時容他傍個影
兒賊萬殺的奴才。沒的把我扯在裡頭。說我招惹他好嬌態的
奴才淫婦我肯容他在那屋裡頭弄碎兒。就是我罷了。俺春梅
那小肉兒。他也不肯容他。玉樓道嗔道賊臭肉。在那在坐着。見
了俺每意意似似的。待起不起的。誰知原來背地有這本帳。論
起來。他爹也不該要他那裡尋不出老婆來。教奴才在外邊猖

揚。甚麼樣子。傳出去了醜聽。金蓮道。左右的皮靴兒沒番正你要奴才老婆奴才暗地裡偷你的小娘子。彼此換着做賊。小婦奴才。千也嘴頭子嚼說人。萬也嚼說。今日打了嘴也說不的。玉樓向金蓮道。這庄事咱對他爹說好。不對他爹說好。大姐姐又不管。倘忽那廝真個安心。咱每不言語。他爹又不知道。一時遭了他手怎的。正是有心筭無心。不備怎隄備。六姐你還該說說。正是爲驢扭棍傷了紫荊樹。金蓮道。我若饒了這奴才。除非是他就合下我來。正是平生不作皺眉事。世上應無切齒人。有詩爲証。

來旺無端醉詈主　甘與懷恨架風波
金蓮聽畢眞情話　咬碎銀牙怒氣多

西門慶至晚來家。只見金蓮在房中。雲鬟不整。睡揾香腮。哭的眼壞壞的。問其所以。遂把來旺兒酒醉發言。要殺主之事。訴說一遍。見有來興兒某日親自聽見他罵。你說此言語。思想起來。你背地圖要他老婆。他便背地要你家小娘子。你的皮靴兒沒番正。那廝殺你。便該當與他何干。連我一例也要殺。趁早不爲之計。夜頭早晚。人無後眼。只怕暗遭他毒手。西門慶因問誰和那廝有首尾。金蓮道。你休來問我。只問那上房裡小玉便知了。又說這奴才欺負我不是一遭兒了。說我當初怎的用藥擺殺漢子。你要了我來。虧他尋人情搭救出我性命來。在外邊對人揚條。早是奴沒生下兒長下女。若是生下兒長下女。教賊奴才揚條着好聽。敢說你家娘當初在家不得地時。也虧你尋人情。

救了他性命。恁說在你臉上也無光了。你便沒羞。我都成不的。要這命做甚麽。這門慶聽了婦人之言。走到前邊。叫將來興兒無人處問他始末緣由。這小廝一五一十。說了一遍。走到後邊摘問了小玉口詞。與金蓮說無差。委的某日親眼看見雪蛾從他來旺兒屋裡出來。他媳婦兒不在屋裡。委的有此事。這西門慶心中大怒。把孫雪蛾打了一頓。被月娘再三勸了。拘了他頭面衣服。只教他伴着家人媳婦上竈。不許他見人。此事表過不題。西門慶在後邊。因使玉簫叫了宋惠蓮。背地親自問他這老婆便道。阿呀。爹你老人家沒的說。他可是沒有這個話。我就替他賭了大誓。他酒便吃兩鍾。敢恁七個頭八個膽。背地裡罵爹。又吃紂王水土。又說紂王無道。他靠那裡過日子。爹你不要聽人言語。我且問爹聽見誰說這個話來。那西門慶被老婆一席話兒。閉口無言。問的急了。說是來興兒告訴我說來。他每日吃醉了。在外風裡言。風裡語罵我。惠蓮道。來興兒因爹叫俺這一個買辦。說俺每奪了他的。不得撰些錢使。挾下這仇恨兒。平空做作出來。拿這血口噴他爹。就信了。他有這個欺心的事。我也不饒他。爹你依我。不要教他在家裡。在家裡和他合氣。與他幾兩銀子本錢。教他信信脫脫。遠離他鄉做買賣去。休要放他在家裡。曠了他身子。自古道。飽暖生閑事。飢寒發盜心。他怎麼不胡生事兒。這裡無人。他出去了。早晚爹和我說句話兒。也方便些。西門慶聽了。滿心歡喜。說道。我的兒。說的是。我有心叫他早上東京。與蔡太師押送生辰担。他又纔從杭州回來家。不好又使他的叫來保去罷。既你這說，我明日打發他去便了。回來時我教他領一千兩銀子，同主管往杭州販買紬絹絲線做買賣，你意下何如。老婆心中大喜，說道，爹若這等纔好。你放他在家裡，使的他馬不停蹄纔好。正說着，西門慶見無人，就摟他過來親嘴，老婆先遞舌頭在他口裡，兩個咂做一處。婦人道，爹你許我編鬏髻，怎的還不替我編。恁時候不戴，到巳時戴。只教我成日戴這頭髮殼子兒。西門慶道，不打緊，到明日將八兩銀子往銀匠家替你拔絲去。西門慶又道，怕你大娘問，怎生回答。老婆道，不打緊，我自有話打發他，只說問我姨娘家借來戴戴，怕怎的。當下二人說了一回話，各自分散了。到了次日，西門慶在廳上坐着，叫過來旺兒來，你收拾衣服行李，赶後日三月二十八日起身。往東京押送蔡太師。生辰担去。回來我還打發你杭州做買賣去。這來旺兒心中大喜。應諾下來。回房收拾行李。在外買人事。來興兒打聽得知。就來告報金蓮知道。金蓮打聽西門慶在花園捲棚內。走到那裡不見西門慶。只見陳經濟那裡封蟒衣尺頭。先是叫銀匠在家。打造了一付四陽捧壽銀人。都是高一尺有餘。甚是奇巧。又是兩把金壽字壺。兩副玉桃杯。兩套杭州織造。大紅五彩羅段紵絲蟒衣。只少兩疋玄色焦布和大紅紗蟒衣。一地裡拿銀子。尋不出來。李瓶兒道。我那邊樓上。還有幾件沒裁的蟒。等我瞧去。不一時西門慶與他同往上樓去尋。揀出四件來。兩件大紅紗。兩疋玄色焦布。俱是金織邊五彩蟒衣。比杭州織來的花樣身分更強十倍。把西門慶喜歡要不的。正在捲棚内。教陳經濟封尺頭。金蓮便問你爹在那裡。你封的是甚麼。經濟道。爹剛纔在這裡來。往六娘那邊樓上去。我封的是往東京。蔡太師生辰担的尺頭。金蓮問打發誰去。經濟道。我聽見昨日。爹分付來旺兒去。敢打發來旺兒去。這金蓮纔待下臺基。往花園那條路上走。正撞見西門慶。叫到屋裡問他明日打發誰往東京去。西門慶道。來旺兒和吳主管二人。還有鹽客王四峯。一千幹事的銀兩。以此多着兩個去。婦人道。隨你心下。我說的話兒你不依。到聽那奴才淫婦。一面兒言。他隨問怎的。只護他的漢子。那奴才有話在先。不是一日兒了。左右破着。把老婆丢與你。坑了你這頭了。拐的往那頭裡停停脫脫去了。看哥哥兩眼兒哩。你的白丢了罷了。難爲人家一千兩銀子。

不怕你不賠他我說在你心裡隨你隨你老婆無故只是爲你
這奴才發言不是一日了不曾你貪他這老婆你留他在家裡
不好你就打發他出去做買賣也不好你留他在家裡早晚沒
這些眼防範他你打發他外邊去他使了你本錢頭一件你先
說不的他你若要他這奴才老婆不如先把奴才打發他離門
離戶常言道剪草不除根萌芽依舊生剪草若除根萌芽再不
生就是你也不躭心老婆他也死心塌地一席話兒說的西門
慶如醉方醒正是數語撥開君子路片言提醒夢中人畢竟未
知後來如何且聽下回分解

第二十六回　來旺遞解徐州

蕙蓮含羞自縊

# 第二十六回

來旺兒遞解徐州　宋惠蓮含羞自縊

閑居慎句說無妨　纔說無妨便有方
爭先徑路機關惡　近後語言滋味長
爽口物多終作疾　快心事過必爲殃
與其病後能求藥　不若病前能自防

話說西門慶。聽了金蓮之言。變了卦兒。到次日那來旺兒。收拾行李伺候。裝馱垜起身。上東京。等到日中。還不見動靜。只見西門慶出來。叫來旺兒到根前。說道。我夜間想來。你纔打杭州來家。多少時兒。又教你往東京去。忒辛苦了。不如叫來保替你去。罷了。你且在家歇息幾日。我到明日家門首生意。尋一個與你

做罷。自古物定主財。貨隨客便。那來旺兒那裡敢說甚的。只得
應諾下來。西門慶就把生辰担。并細軟銀兩。馱垛書信。交付與
來保。和吳主管。五月廿八日起身。往東京去了。不在話下。這來
旺兒回到房中。把押担生辰不要他去。教來保去了一節。心中
大怒。吃酒醉倒房中。口中胡說。怨起宋惠蓮來。要殺西門慶。被
宋惠蓮罵了他幾句。你咬人的狗兒。不露齒。是言不是語。墻有
縫壁有耳。味了那黃湯。挺他兩覺。打發他上床睡了。到次日走
到後邊串作玉簫房裡。請出西門慶。兩個在厨房後墻底下。僻
靜處說話。玉簫在後門首替他觀着風。老婆甚是埋怨。西門慶。
說道。爹你是個人。你原說教他去。怎麼轉了靶子。又教別人去
你乾淨是個毬子心腸。滚下滚上。燈草拐棒兒。原拄不定。把你

到明日蓋個廟兒。立起個旗杆來。就是個謊神爺。你謊乾淨順屁股喇喇。我再不信你說話了。我那等和你說了一塲。就沒些情分兒。西門慶笑道。到不是此說。我不是也教他去。恐怕他東京蔡太師府中不熟。所以教來保去了。留下他家門首。尋個買賣與他做罷。婦人道。你對我說。尋個甚麼買賣與他做。西門慶道。我教他搭個主管。在家門首開酒店。婦人聽言。滿心歡喜。走到屋裡。一五一十。對來旺兒說了。单等西門慶示下。一日西門慶在前廳坐下。着人叫來旺兒近前。卓上放下六包銀兩。說道。孩兒你一向杭州來家。辛苦要不的。教你往東京去了。恐怕你蔡府中不十分熟些。所以教來保同吳主管去了。今日這六包銀子。三伯兩。你拿去搭上個主管。在家門首開個酒店。月間尋些些利息孝順我也是好處那來旺連忙扒在地下磕頭領了六包銀兩回到房中告與老婆說他到過醮來了拿買賣來窩盤我今日與了我這三百兩銀子教我搭主管開酒店做買賣老婆道怪賊黑囚你還嗔老娘說一鍬就撅了井也等慢慢來如何今日也做上買賣了你安分守已休再吃了酒口裡六說白道來旺兒叫老婆把銀兩收在箱中我在街上尋夥計去也於是走到街上尋主管尋到天晚主管也不成又吃的大醉來家老婆打發他睡了也是合當有事剛睡下沒多大回約一更多天氣將人纔初靜時分只聽得後邊一片聲叫赶賊老婆忙推醒來旺兒酒還未醒撈撈睜睜扒起來就去取床前防身稍棒要往後邊赶賊婦人道夜晚了須看個動靜你不可輕易就

進去。來旺兒道。養軍千日。用在一時。豈可聽見家有賊怎不行趕。于是拖着稍棒。大扠走入儀門裡面。只見玉簫在廳堂臺上站立。大叫一個賊往花園中去了。這來旺兒逕往花園中趕來。趕到廂房中角門首。不防黑影抛出一條欖子。來。把來旺兒絆倒了一交。只見响亮了一聲。一把刀子落地。左右閃過四五個小厮。大叫捉賊。一齊向前。把來旺兒一把捉住了。來旺兒道我是來旺兒進來趕賊如何顛倒把我拿住了。衆人不由分說。一步兩棍。打倒廳上。只見大廳上燈燭熒煌。西門慶坐在上面。即叫拿上來。來旺兒跪在地下說道。小的聽見有賊。進來捉賊。如何到把小的拿住了。那來與兒就把刀子放在面前。與西門慶看。西門慶大怒罵道。衆生好度人難度。這厮真個殺人賊。我到見你杭州來家。教你領三百兩銀子做買賣。如何夤夜進內來要殺我。不然拿這刀子做甚麼。取過來我燈下觀看。是一把背厚刃薄扎尖刀。鋒霜般快。看見越怒。喝令左右與我押到他房中。取我那三百兩銀子來。眾小厮隨即押到房內。蕙蓮見了。放聲大哭。說道。他去後邊捉賊。如何拿他做賊。向來旺道。我教你休去。你不聽。只當暗中了人的拖刀之計。一面開箱子。取出六包銀兩來。拿到廳上。西門慶燈下打開觀看。內中止有一包銀兩。餘者都是錫鉛定子。西門慶大怒。因問如何抵換了我的銀兩。往那裡去了。趂早實說。那來旺兒哭道。爹擡舉小的做買賣。小的怎敢欺心抵換銀兩。西門慶道。你打下刀子。還要殺我。刀子現在。還要支吾甚麼。因把甘來興兒。叫到面前跪下。執証說

你從某日沒曾在外對衆發言要殺爹嗔爹不與你買賣這
來旺兒只是嘆氣張眉口兒合不的要西門慶道既贓証刀杖
明白叫小厮與我拴鎖在門房內明日寫狀子送到提刑所去
只見宋惠蓮雲髩鬔鬆衣裙不整走來廳上向西門慶不當不
正跪下說道爹此是你幹的營生他好意進來赶賊把他當賊
拿了你的六包銀子我收着原封兒不動平白怎的抵換了恁
活埋人也要天理他爲甚麽你只因他甚麽打與他一頓如今
拉剌剌着送他那裡去西門慶見了他回嗔作喜道媳婦兒不
關你事你起來他無理胆大不是一日見藏着刀子要殺我你
不得知道你自安心沒你之事因令來安兒小厮好速攙扶你
嫂子回房去休要慌嚇他那惠蓮只顧跪着不起來說爹好狠

心處。你不看僧面看佛面。我恁說着。你就不依依兒。他雖故他
吃酒。並無此事。纏的西門慶急了。教來安兒攙他起來。勸他回
房去了。到天明。西門慶寫了柬帖。叫來興兒做証見。揣着狀子。
押着來旺兒。往提刑院去。說某日酒醉持刀。夤夜殺害家主。又
抵換銀兩等情。纔待出門。只見吳月娘輕移蓮步。走到前廳。向
西門慶再三將言勸解。說道。奴才無禮。家中處分他便了。好要
拉刺刺出去。驚官動府做甚麼。西門慶聽言。圓睜二目喝道。你
婦人家不曉道理。奴才安心要殺我。你到還教饒了他罷。于是
不聽月娘之言。喝令左右把來旺兒押送提刑院去了。月娘當
下羞赧而退。回到後邊。向玉樓衆人說道。如今這屋裡亂世爲
王。九條尾狐狸精出世。不知聽信了甚麼人言語。平白把小廝

弄出去了。你就賴他做賊。萬物也要個着實纔好。拿紙棺材糊人。成個道理。恁沒道理昏君行貨。宋惠蓮跪在當面哭泣。月娘道。孩兒你起來。不消哭。你漢子恒是問不的他死罪。打死了人還有消繳的日子兒。賊強人他吃了迷魂湯了。俺每說話不中聽。老婆當軍充數兒罷了。玉樓向惠蓮道。你爹正在個氣頭上。待後慢慢的俺每再勸他。你安心回房去罷。按下這裡不題。單表來旺兒押到提刑院。西門慶先差玳安下了一百石白米與夏提刑賀千户二人。受了禮物。然後坐廳。來興兒遞上呈狀。看了一遍。已知來旺。先因領銀做買賣。見財起意。抵換銀兩。恐家主查筭。昏夜持刀突入後廳。謀殺家主等情。心中大怒。把來旺叫到當廳。審問這件事。這來旺兒告道。望天官爺查情。容小的

說小的便說不容小的說小的不敢說夏提刑道你這厮見獲賍
証明白勿得推調從實與我說來免我動刑來旺兒悉把西門
慶初時令某人將藍叚子怎的調戲他媳婦兒宋氏成姦如今
故入此罪要墊害圖覇妻子一節訴說一遍夏提刑大喝了一
聲令左右打嘴巴說你這奴才欺心背主你這媳婦也是你家
主要的配與你爲妻又托資本與你做買賣你不思報本還生
事倚醉㑹夜突入臥房持刀殺害滿天下人都像你這奴才也
不敢使人了來旺兒口還叫寃屈被夏提刑叫過甘來興兒過
來面前執証那來旺兒有口也說不得了正是㑹施天上計難
免目前災夏提刑即令左右選大夾棍上來把來旺兒夾了一
夾打了二十大棍打的皮開肉綻鮮血淋漓分付獄卒帶下去

收監來。與兒鋮安兒來。家回覆了西門慶話。西門慶滿心歡喜。分付家中小廝。鋪盖飯食。一般都不與他送進去。但打了休要來家。對你嫂子說。只說衙門中一下兒也沒打他。監幾日便放出來。衆小廝應諾道。小的每知道了。這宋惠蓮自從拿了來旺兒去後。頭也不梳。臉也不洗。黃着臉兒。裙腰不整。倒靸了鞋。只是關閉房門哭泣。茶飯不吃。西門慶慌了。使了玉簫。并賁四娘子兒。再三進房勸解他說。道你放心。爹因他吃酒狂言。監他幾日。耐他性兒。不久也放他出來。惠蓮不信。使小廝來安兒送。飯進監去。回來問他。也是這般說。哥見官一下兒也沒打。一兩日來家。教嫂子在家安心。這惠蓮聽了此言。方纔不哭了。每日淡掃蛾眉。薄施脂粉。出來走跳。西門慶要便來。回打房門首走。老婆在簾下叫道房裡無人爹進來坐坐不是西門慶抽身進入房裡與老婆做一處說話西門慶哄他說道我見你放心我看你面上寫了帖兒對官府說也不曾打他一下見監他幾日耐耐他性兒一兩日還放他出來還教他做買賣婦人摟抱着西門慶脖子說道我的親達達你好歹看奴之面奈何他兩日放他出來隨你教他做買賣不教他做買賣也罷這一出來我教他把酒斷了隨你去近到遠使他往那去他敢不去再不你若嫌不自便替他尋上個老婆他也罷了我常遠不是他的人了西門慶道我的心肝你話是了我明日買了對過喬家房收拾三間房子與你住搬了那裡去咱兩個自在頑耍老婆道着來親親隨你張主便了說畢兩個閉了門首原來婦人夏月常不

穿褲兒只单吊着两條裙子。遇見西門慶在那裡。便掀開裙子就幹。口中常噙着香茶餅兒。于是二人解佩露駿妃之玉。有幾點漢署之香。雙鳧飛肩。雲雨一席。婦人將身帶所佩的。白銀條紗挑線四條穗子的香袋兒。裡面裝着松栢兒。挑着冬夏長青玫瑰花蕋并跤趾排草。挑着嬌香美愛八個字。把西門慶令轉了喜的心中要不的。恨不的與他誓共死生。不能遽捨。向袖中又掏了一二兩銀子。與他買菓子吃。房中盤纏。再三安撫他。不消憂慮。只怕憂慮壞了你。我明日写帖子。對夏大人說。就放他出來。說了一回。西門慶恐有人來。連忙出去了。這婦人對了西門慶此話。到後邊對衆丫鬟媳婦。詞色之間。未免輕露。孟玉樓早已知道。轉來告潘金蓮。說他爹怎的早晚要放來旺兒出來另替他娶一個怎的要買對門喬家房子。把媳婦子吊到那裡去。與他三間房住。又買個丫頭扶侍他。與他編銀絲鬏髻。打頭面。一五一十說了一遍。就和你我等輩一般。甚麼張致。大姐姐也就不管管兒。潘金蓮不聽便罷。聽了忿氣滿懷無處着。雙腮紅上更添紅。說道。真個由他。我就不信了。今日與你說的話。我若教賊奴才淫婦。與西門慶做了第七個老婆。我不是喇嘴說就把潘字吊過來哩。玉樓道。漢子沒正條。大的又不管。咱每能走不能飛。到的那些兒。金蓮道。你也忒不長俊。要這命做甚麼活一百歲殺肉吃。他若不依我。拚着這命。擯兌在他手裡。也不差甚麼。玉樓笑道。我是小胆兒。不敢惹他。看你有本事和他纏話休絮煩。到晚西門慶在花園中。翡翠軒書房裡坐的。要教陳

經濟來寫帖子。往夏提刑處說。要放來旺兒出來。被金蓮驀地
走到根前。搭伏着書卓兒問你教陳姐夫寫甚麽帖子。送與誰
家去。西門慶不能隱諱。把來旺兒責打與他幾下。放他出來罷。
一節告訴一遍。婦人止住小廝。且不要叫陳姐夫來。坐在傍邊。
因說道你空躭着漢子的名兒。原來是個隨風倒舵。順水推船
的行貨子。我那等對你說的話兒你不依。倒聽那賊奴才淫婦
話兒。隨你怎的逐日沙糖拌蜜與他吃。他還只疼他的漢子。依
你如今。把那奴才放出來。你也不好要他這老婆的了。教他奴
才好藉口。你放在家裡不葷不素。當做甚麽人兒看成。待要把
他做你小老婆。奴才又見在。待要說是奴才老婆。你見把他逞
的恁沒張置的。在人根前上頭上臉。有些些樣兒。就算另替那奴

才要一個着你要了他這老婆往後倘忽你兩個坐在一答裡
那奴才或走來根前回話做甚麼見了有個不氣的老婆見了
他站起來是不站起來是先不先只這個就不雅相傳出去休
說六隣親戚笑話只家中大小把你也不着在意裡正是上梁
不正下梁歪你既要幹這營生誓做了泥鰍怕污了眼睛不如
一狠二狠把奴才結果了你就摟着他老婆也放心幾句又把
西門慶又念翻了把帖子寫就了送與提刑院教夏提刑限三
日提出來受一頓拷訊拶打的通不像模樣提刑兩位官府并
上下觀察緝捕排軍監獄中揰鎖上下都受了西門慶財物只
要重不要輕內中有一當案的孔目陰先生名喚陰騭乃山西
孝義縣人極是個仁慈正直之士因是提刑官吏上下受了西

門慶賄賂、要陷害此人、圖謀他妻子。故入他奴婢、圖財。持刀謀
殺家長的重罪、也要天理、做官的養兒養女也往上長、再三不
肯做文書送問、與提刑官抵面相講、況兩位提刑官、上下都被
西門慶買通了。以此拿肘難行、又況來旺兒監中無錢、受其凌
逼、多虧陰先生憫念他負屈啣冤、是個沒底人。反替他分付監
中獄卒、凡事鬆寬看顧他、延挨了幾日、人情兩盡、只把當廳責
了他四十、論個遞解原籍徐州為民、當查原贓花費十七兩鉛
錫五包、責令西門慶家人來興兒領回、差人寫了個帖子、回覆
了西門慶、隨教即日押發起身、這裡提刑官當廳押了一道公
文、差兩個公人把來旺兒取出來。已是打的稀爛、旋釘了扭、上
了封皮、限即日起程、遞往徐州管下交割、可憐這來旺兒在監

中監了半月光景沒錢使用弄的身體狼俱衣服藍縷沒處投
奔哀告兩個公人哭泣不一說兩位哥在上我打了一場屈官
司身上分文沒有寸布皆無要奏些脚步錢與二位無處所奏
望你可憐見押我到我家主家處有我的媳婦兒并衣服箱籠
討出來變賣了文謝二位并路途盤費也討得一步鬆寛那兩
個公人道你好不知道理你家主西門慶既要擺佈了一場他
又肯發出媳婦并箱籠與你你還有甚親故俺每看陰師父分
上瞞上不瞞下領你到那裡胡亂討些錢米勾你路上盤費便
了誰指望你甚脚步錢兒來旺道二位哥哥你只可怜引我先
到我家主門首我央浼兩三位親隣替我美言討討兒無多有
少兩個公人道也罷我每押你到他門首這來旺兒先到應伯

爵門首。伯爵推不在家，又央了左隣賈仁清伊面慈二人來西門慶家替來旺兒說念，討媳婦箱籠，西門慶也不出來。使出五六個小廝，一頓棍打出來，不許在門首纏繞，把賈伊二人羞的要不的。他媳婦兒宋惠蓮在屋裡瞞的鐵桶相似，並不知一字。西門慶分付那個小廝走漏消息，决打二十板。兩個公人又押到丈人家，賣棺材的宋仁家。來旺兒如此這般，對宋仁哭訴其事，打發了他一兩銀子。與那兩個公人一吊銅錢，一斗米路上盤纏。哭哭啼啼，從四月初旬離了清河縣，往徐州大道而來。這來旺兒，又是那棒瘡發了，身邊盤纏缺乏，甚是苦惱。正是若得苟全痴性命，也甘飢餓過平生。有詩為証：

當案推詳秉至公　來旺遭陷出牢籠

病草萋萋遇暖風
今朝遞解徐州去

不說來旺兒遞解徐州去了且說宋惠蓮在家每日只盼他出來。小廝一般的替他送飯到外邊衆人都吃了轉回來惠蓮問着他只說哥吃了監中無事若不是也放出來了連日提刑老爹沒來衙門中問事也只在一二日來家西門慶又哄他說我差人說了不久即出婦人以爲信實一日風裡言風裡語聞得人說來旺兒押出來在門首討衣箱不知怎的去了。這婦人幾次問衆小廝每都不說忽見鉞安兒跟了西門慶馬來家叫住問他你旺哥在監中好麼幾時出來鉞安道嫂子。我告你知了罷俺哥這早晚到流沙河了惠蓮問其故這鉞安千不合萬不合如此這般打了四十板遞解原籍徐州家去了只放你心裡休題我告你說這婦人不聽萬事皆休聽了此言見是實閉了房門放聲大哭道我的人嚛你在他家幹壞了甚麼事來被八紙棺材暗筭計了你你做奴才一場好衣服沒曾掙下一件在屋裡今日只當把你遠離他鄉筭的去了坑得奴好苦也你在路上死活未知存亡未保我如今合在缸底下一般怎的曉得哭了一回取一條長手巾拴在臥房門楣上懸梁自縊不想來昭妻一丈青住房正與他相連說後來聽見他屋裡哭了一回不見動靜半日只聽喘息之聲扣房門叫他不應慌了手脚教小厮平安兒撬開窗户拴進去見婦人穿着隨身衣服在門楂上正吊得好一面解救下來開了房門取姜湯撅灌須臾擾的後邊知道吳月娘率領李嬌兒孟玉樓西門大姐李瓶兒玉簫

小玉都來看視見賁四娘子見他來瞧一丈青攙扶他坐在地下只顧哽咽白哭不出聲來月娘叫着他只是低着頭口吐涎痰不答應月娘便道原來是個傻孩子你有話只顧說便好如何尋這條路起來因問一丈青灌些姜湯與他不曾一丈青道纔灌了些姜湯吃了月娘令玉簫扶着他親叫道惠蓮孩兒你有甚麼心事越發老實叫上幾聲不妨事問了半日那婦人哽咽了一回大放聲排手拍掌哭起來月娘叫玉簫扶他上炕他不肯上炕月娘衆人勸了半日回後邊去了止有賁四嫂同玉簫相伴在屋裡只見西門慶掀簾子進來也看見他坐在冷地下哭泣令玉簫你攙他炕上去罷玉簫道剛纔娘教他上去他不肯去西門慶道好傻孩子冷地下冰着你你有話對我說如

何這等拙智惠蓮把頭搖着說道爹你好人兒你瞞着我幹的好勾當兒還說甚麼孩子不孩子你原來就是個弄人的劊子手把人活埋慣了害死人還看出殯的你成日間只哄着我今日也說放出來明日也說放出來只當端的好出來你如遞解他也和我說聲兒暗暗不透風就解發遠遠的去了你也要合憑個天理你就信着人幹下這等絕戶計把圈套兒做的成你還瞞着我你就打發兩個人都打發了如何留下我做甚麼西門慶笑道孩兒不關你事那廝壞了事難以打發你你安心我自有個處因今玉簫你和賁四娘子相伴他一夜兒我使小廝送酒來你每吃說畢往外去了賁四嫂良久扶他上炕坐的和玉簫將話兒勸解他做一處坐的只見西門慶到前邊鋪子裡

問傳夥計要了一吊錢買了一錢酥燒拿盒子盛了又是一瓶酒使來安兒送到惠蓮屋裡說道爹使我送這個與嫂子吃惠蓮看見一頓罵賊囚根子趁早與我都拿了去省的我摔一地大拳打了這回拿手摸拳來安兒道嫂子收了罷我拿回去爹又打我于是放在卓子上就是那惠蓮跳下來把酒拿起來纔待趕着摔了去被一丈青攔住了那賁四嫂看着一丈青咬指頭兒正相伴他坐的只見賁四嫂家長兒走來叫他媽他爹門外頭來家要吃飯賁四嫂和一丈青走出來到一丈青門首只見西門大姐在那裡和來保兒媳婦惠祥說話因問賁四嫂那裡去賁四嫂道他爹門外頭來了要飯吃我到家瞧瞧就來我來看看乞他大爹再三央陪伴他坐坐兒誰知倒把我來掛住

了。不得脫身。因問他想起甚麼幹這道路。一丈青接過來道早
是我打後邊來。聽見他在屋裡哭着。就不聽的動靜兒。乞我慌
了。推門推不開。旋叫了平安兒來。打窗子裡跳進去。纔救下來
了。若遲了一步兒。胡子老兒吹燈。把人了了。惠祥道。劉鏟爹在
屋裡。他說甚麼來。那賁四嫂只顧笑說道看不出他旺官娘子。
原來也是個辣菜根子。和他大爹白搽白折的平上。誰家媳婦
兒有這個道理。惠祥道。這個媳婦兒比別的媳婦兒不同好些
從公公身上。拉下來的媳婦兒這一家大小誰如他說畢往家
裡去了。一丈青道。四嫂。你到家快來。賁四嫂道甚麼話。我若不
來惹他大爹就怪死了。西門慶白日教賁四嫂。和一丈青陪他
坐。晚夕教玉簫伴他一處睡。慢慢將言詞說勸化他。說道宋大

姐。你是個聰明的，趁早凭妙齡之時一朶花初開。主子愛你。也是緣法。相投，你如今將上不足。比下有餘。守着主子，強如守着奴才。他去也是去了，你恁煩惱不打緊。一時哭的有好歹，却不躭悮了你的性命。常言道。我做了一日和尚撞了一日鍾，往後貞節輪不到你頭上了。那惠蓮聽了。只是哭涕。每日飯粥也不吃。玉簫回了西門慶話。西門慶又令潘金蓮親來對他說，也不依。金蓮惱了，向西門慶賊淫婦他一心只想他漢子。千也說一夜夫妻百夜恩。萬也說相隨百步，也有個徘徊意。這等貞節的婦人，便拿甚麼拴的住他心。西門慶笑道。你休聽他摭說，他若早有貞節之心。當初只守着廚子。滿聰不嫁來旺兒了。一面坐在前廳上。把衆小廝家人，都叫到根前。審問你每近前幾日。來旺兒遞解去時是誰對他說來趂早舉出來我也一下不打他不然我打聽出每人三十板子即與我離門離户忽有畫童跪下說道小的不敢說西門慶道你說不妨畫童道那日小的聽見鉞安跟了爹馬來家在夾道内嫂子問他他走了口對嫂子說這西門慶不聽便罷聽了心中大怒一片聲使人尋鉞安兒這鉞安兒早巳知此消息一直躲在潘金蓮房裡不出來金蓮正洗臉小厮走到屋裡跪着哭道五娘救小的則個金蓮罵道賊囚猛可走來諕我一跳你又不知幹下甚麼事鉞安道爹因爲小的告嫂子說了旺哥去了要打我娘好歹勸勸爹過出去爹在氣頭上小的就是死罷了金蓮植道囚根子諕的鬼也似的我說甚麼勾當來恁驚天動地的原來爲那奴才淫婦分付

你在我這屋裡不要出去。于是藏在門背後。西門慶見叫不將鉞安去。在前廳暴叫如雷。一連使了兩替小廝來金蓮房裡尋他。都被金蓮罵的去了。落後西門慶一陣風自家走來。到手裡拿着馬鞭子。問奴才在那裡。金蓮不理他。被西門慶遶屋走了一遍。從門背後採出鉞安來。要打。乞金蓮向前把馬鞭子奪了。掠在牀頂上。說道。沒廉耻的貨兒。你臉做個主了。那奴才淫婦想他漢子上吊。羞急拿小廝來煞氣。關小廝另脚兒事。那西門慶氣的睁睁的。金蓮叫小廝。你往前頭幹你那營生去。不要理他。等他再打你。有我哩。那鉞安得手。一直往前去了。正是兩手劈開生死路。翻身跳出是非門。這潘金蓮幾次見西門慶留意在宋惠蓮身上。于是心生一計。行在後邊唆調孫雪娥。說來旺兒媳婦子。怎的說你要了他漢子。備了他一篇是非。他爹惱了。纔把他漢子打發了。前日打了你那一頓。拘了你頭面衣服。都是他過嘴舌說的。這孫雪蛾耳滿心滿掉了。雪蛾口氣兒走到前邊。向惠蓮又是一樣說。說孫雪蛾怎的後邊罵你。是蔡家使喝了的奴才。積年轉主子養漢。不是你背養主子。你家漢子怎的離了他家門。說你眼淚留着些脚後跟。說的兩下都懷仇忌。恨一日也是合當有事。四月十八日。李嬌兒生日。院中李媽媽。并李桂姐。都來與他做生日。吳月娘留他同衆堂客在後廳飲酒。西門慶往人家赴席不在家。這宋惠蓮吃了飯兒。從早辰在後邊打了個揌兒。一頭拾到屋裡直睡到日沉西。由着後邊一替兩替使了丫鬟來叫。只是不出來。雪蛾尋不着這個由頭兒走來他房裡叫他。說道嫂子做了王美人了。怎的這般難請。那惠蓮也不理他。只顧面朝裡睡。這雪蛾又道嫂子。你思想你家旺官兒哩。早思想好來。不得你他也不得死。還在西門慶家裡。這惠蓮聽了他這一句話。打動潘金蓮說的那情由。翻身跳起來。望雪蛾說道。你沒的走來浪聲顙氣。他便因我弄出去了。你爲甚麼來打你一頓。攆的不容上前。得人不說出來。大家將就些便罷了。何必撐着頭兒來尋趁人。這雪蛾心中大怒。罵道。好賊奴才。養漢淫婦。如何大胆罵我。惠蓮道。我是奴才淫婦。你是奴才小婦。我養漢養主子。強如你養奴才。你倒背地偷漢。我的漢子。你還來倒自家撇騰。這幾句話。分明戳在雪蛾身上。那雪蛾怎不急了。那宋惠蓮不防他。被他走向前一個巴掌。打在臉上。打的臉上通紅的。說道你如何打我。於是一頭撞將去。兩個就揪扭打在一處。慌的來昭妻一丈青走來勸解。把雪蛾拉的後走。兩個還罵不絕口。吳月娘走來罵了兩句。你每都沒些規矩兒不管家裡有人沒人都這等家反宅亂。等你主子囘來我對你主子說不說。當下雪蛾便往後邊去了。月娘見惠蓮頭髮揪亂。便道還不快梳了頭。往後邊來哩。惠蓮一聲兒不答話。打發月娘後邊去了。走到房內倒插了門。哭泣不止。哭到掌燈時分。眾人亂着後邊堂客吃酒。可憐這婦人。忍氣不過。尋了兩條腳帶。拴在門楹上。自縊身死。亡年二十五歲。正是世間好物不堅牢。彩雲易散琉璃脆。那時可霎作怪。不想月娘正送李媽媽桂姐出來。打惠蓮門首過。閃着不見動靜。心中甚是疑影。打發李媽媽娘兒兩個。上轎去了。回來推他。叫他門不開。都慌了手脚。還使小廝打窓户內跐進去。正是瓦罐不離井上破。割斷脚帶觧卸下。撅救了半日。不知多咱時分。嗚呼哀哉死了。但見

四肢氷冷。一氣燈殘。香魂渺渺。已赴望鄉台。星眼雙瞑。魄悠悠。屍横光地下。半晌。不知精爽逝何處。疑是行雲秋水中。

月娘見救下不活。慌了。連忙使小廝來興兒騎頭口往門外請西門慶來家。雪娥恐怕西門慶來家。拔樹尋根。歸罪於已。在上房打旋磨兒。跪着月娘。教休題出和他嚷閙來。月娘見他諕的那等腔兒。心中又下般不的。此時你恁害怕。當初大家省言一句兒便了。至晚等的西門慶來家。只說蕙蓮因思想他漢子。哭了一日。趕後邊人亂。不知多咱。尋了自盡。西門慶便道。他自個

拙婦原來沒福一面差家人遞了一紙狀子報到縣主李知縣
手裡只說本婦因本家請堂客吃酒他管銀器家火他失落一
件銀鍾恐家主查問見責自縊身死又送了知縣三十兩銀回
來知縣自恁要做分上胡亂差了一員司吏帶領幾個仵作來
看了自買了一具棺材討了一張紅票賁四來興兒同送到門
外地藏寺與了火家五錢銀子多架些柴薪纔待發火燒燬不
想他老子賣棺材宋仁打聽得知走來攔住叫起寃屈來說他
女兒死的不明口稱西門慶因倚強姦要他我家女兒貞節不
從威逼身死我還要撫按上告進本告狀誰敢燒化屍首那衆
火家都亂走了不敢燒賁四來興少不的把棺材停在寺裡來
家回話正是青龍與白虎同行吉凶事全然未保畢竟未知後